Collection de M. GUILHOU

OBJETS DE VITRINE

ET DE CURIOSITÉ

CONDITIONS DE LA VENTE

Elle sera faite au comptant.

Les acquéreurs paieront *dix pour cent* en sus des prix d'adjudication.

L'exposition mettant le public à même de se rendre compte de l'état des objets, il ne sera admis aucune réclamation une fois l'adjudication prononcée.

Paris. - Imp. Georges Petit, 12, rue Godot-de-Mauroi. — 15257-05.

CATALOGUE

DES

OBJETS DE VITRINE

ET DE CURIOSITÉ

BOITES, ÉTUIS, ÉVENTAILS, MONTRES

Porcelaines, Bijoux, Objets variés

DES XVIe, XVIIe ET XVIIIe SIÈCLES

PROVENANT DE LA

Collection de M. GUILHOU

ET DONT LA VENTE AURA LIEU

HOTEL DROUOT, Salle N° 10

Les Vendredi 31 Mars et Samedi 1er Avril 1905

à deux heures

COMMISSAIRE-PRISEUR

Me PAUL CHEVALLIER

10, rue de la Grange-Batelière, 10

EXPERTS

M. H. HOUZEAU

4, rue de la Paix, 4

MM. MANNHEIM

7, rue Saint-Georges, 7

EXPOSITION PUBLIQUE

Le Jeudi 30 Mars 1905, de 1 h. 1/2 à 5 h. 1/2

ORDRE DES VACATIONS

Le Vendredi 31 Mars 1905.

Porcelaines, Faïences	1	à	13
Éventails.	14	à	18
Montres	19	à	29
Boîtes, Objets de vitrine	30	à	82

Le Samedi 1er Avril 1905.

Bijoux.	83	à	138
Objets variés	139	à	185

DÉSIGNATION DES OBJETS

Porcelaines, Faïences

1 — Petit pot à fard en ancienne porcelaine de Paris.

2 — Médaillon, buste d'homme, de profil, en porcelaine blanche de Sèvres ; époque révolutionnaire.

3 — Pomme de canne, en ancienne porcelaine tendre de Saint-Cloud, à décor bleu.

4 — Béquille de canne, en ancienne porcelaine tendre de Chantilly, décor de style chinois.

5 — Drageoir en ancienne porcelaine tendre de Chantilly, papillons et fleurs. Monture en argent.

6 — Boite ronde, en ancienne porcelaine tendre blanche de Saint-Cloud, à décor de style chinois. Monture en argent.

7 — Boite en ancienne porcelaine de Saxe, décorée de paysages en camaïeu rose, sur fond gaufré, à rocailles.

8 — Boite en ancienne porcelaine de Saxe, à décor de fleurs. Monture en argent.

9 — Petite boite ronde, en ancienne porcelaine de Saxe, décor de fleurs ; buste de personnage, au revers du couvercle.

10 — Boite-veilleuse, avec couvercle et plateau intérieur en ancienne porcelaine de Saxe, à décor de fleurs.

11 — Étui cylindrique en ancienne porcelaine de Saxe, à décor de paysages animés ; monture à charnière en or.

12 — Étui surmonté d'une figurine d'enfant assis. Ancienne porcelaine de Chelsea.

13 — Chauffe-mains en forme de livre, en ancienne faïence du midi.

Éventails

14 — Éventail du temps de Louis XIV : monture d'écaille brune, argentée et dorée, à décor de personnages et rinceaux. Feuille ornée sur les deux faces d'un sujet champêtre

à personnages, avec chairs en couleurs et vêtements exécutés en broderie.

15 — Éventail du temps de Louis XV : monture d'ivoire ajouré, à décor d'enfants en dorure sur fond de nacre ; les panaches sont ornés de petites réserves exécutées en cuivre émaillé, amours et ustensiles en camaïeu rose. Sur la feuille, personnages dansant au son d'un violon et d'un clavecin. Au revers, scène de vendange.

16 — Éventail du xviiie siècle à monture d'ivoire ajouré et sculpté. Sur la feuille, exécutée en grisaille, avec chairs en couleurs, le portrait d'un Infant d'Espagne, encadrements d'animaux et enfants. Au revers, deux cavaliers.

17 — Éventail du xviiie siècle, à monture d'ivoire avec l'inscription : *El real sitio daranjvez*. Sur la feuille, vue du château avec personnages. Au revers, écusson soutenu par deux anges, et portant une énumération relative au château et rédigée en espagnol.

18 — Éventail à monture de cuivre doré et de nacre ; feuille allégorique à la Charte, présentant, dans une couronne de laurier, le portrait de Louis-Philippe. Au revers est figurée la reine Amélie, dans une couronne supportée par des chérubins. Milieu du xixe siècle.

Montres

19 — Montre en or gravé de *Lenoir à Paris ;* médaillon émaillé bleu, enrichi et encadré de jargons sur la cuvette. Fin de l'époque Louis XV.

20 — Montre à double boîtier de *Le Roy à Paris ;* boîtier intérieur réémaillé rouge ; boîtier extérieur en or gravé, avec cuvette ajourée, décorée d'oiseaux et de branchages en or, argent et jargons. Fin de l'époque Louis XV.

21 — Montre-squelette en or gravé, enrichie de jargons. Mouvement de *Romilly à Paris.* Époque Louis XVI.

22 — Montre à double boîtier. Boîtier intérieur en or ajouré, décoré d'un médaillon émaillé à sujet pastoral. Cadran entouré de jargons, signé : *Lierre Morand.* Boîtier extérieur garni de cuivre. Époque Louis XVI.

23 — Montre en or de couleur ciselé, enrichie de jargons, ornée d'un médaillon émaillé : buste présumé de Voltaire. Mouvement de *L'Épine à Paris.* Époque Louis XVI.

24 — Montre en or de couleur à fond émaillé bleu ; décor de fleurettes partiellement émaillées. Poinçon de *Fouache,* régisseur des droits de marque. Années 1778-79. Mouvement rapporté.

25 — Montre en or de couleur ciselé, vase de fleurs. Époque Louis XVI.

26 — Montre à répétition en or gravé et partiellement émaillé rose, avec applications de jargons et d'or à dessin de colonnettes, vases et guirlandes. Mouvement de *Berthoud à Paris*. Époque Louis XVI.

27 — Montre en or de couleur enrichie de jargons, à cuvette ornée d'un motif architectural. Mouvement de *Dufour et Céret à Ferney*. Fin du xviiie siècle.

28 — Montre en or de couleur ciselé, enrichie de jargons, décor de flèches et guirlandes. Époque Louis XVI.

29 — Chatelaine avec montre en or de couleur ciselé du temps de Louis XVI, enrichie de peintures sur émail à décor de bustes de femmes, du temps de Louis XIV ; encadrements de jargons. Spatule d'argent doré.

Boîtes, Objets de vitrine

30 — Boite-cassolette formant lorgnette, simulant un monument en cuivre décoré au vernis. xviie siècle.

31 — Deux cadres variés en or, perles et or émaillé, contenant des images de sainteté. Espagne, xviie siècle.

32 — Boite plate ovale en écaille brune cloutée d'or : personnages et armoiries de prélat. Époque Louis XIV.

33 — Tabatière à deux tabacs, en laque burgautée et posée or, à décor d'habitations. Monture en cuivre. Époque Louis XV.

34 — Boite en écaille posée or : attributs de chasse. Monture argent. Époque Louis XV.

35 — Étui cylindrique, en ivoire sculpté à rocailles et amours. Époque Louis XV.

36 — Étui cylindrique, en cuivre émaillé ; réserves à paysages sur fond jaune. Époque Louis XV.

37 — Étui cylindrique, en cuivre émaillé, à fleurettes et bandes sur fond blanc. xviiie siècle.

38 — Étui à cire en or gravé, à décor de stries. Fin de l'époque Louis XV.

39 — Étui à cire en or gravé, à bande chevronnée et en spirale. Fin de l'époque Louis XV.

40 — Petit Reliquaire forme lanterne, en cristal et filigrane d'argent doré, contenant des sujets saints en bois sculpté. Espagne. xviiie siècle.

41 — Boite ovale, en écaille brune posée argent, à décor de personnages fumant. xviiie siècle.

42 — Étui en argent, à décor de trophées. xviiie siècle.

43 — Quatre Étuis variés en fer. xviiie siècle.

44 — Étui cylindrique, décoré au vernis, à sujets d'amours dans des paysages; il contient deux flacons. xviiie siècle.

45 — Étui cylindrique, décoré au vernis, amours en grisaille sur fond vert. xviiie siècle.

46 — Étui cylindrique, décoré en bleu au vernis et clouté d'or; il contient deux flacons à bouchons d'or. Fin du xviiie siècle.

47 — Boite ronde, décorée au vernis, à sujets de scènes de cabaret dans la manière de Teniers. xviiie siècle.

48 — Sifflet en argent gravé du xviiie siècle.

49 — Étui à mouches, en bois et écaille cloutée d'or. xviiie siècle.

50 — Boite ronde, en argent repercé à rinceaux. xviiie siècle.

51 — Boite ovale en corne, couvercle forme coquille avec miniature au revers. xviiie siècle.

52 — Boite plate en cuivre émaillé, ornée d'une inscription espagnole et simulant une enveloppe fermée. xviiie siècle.

53 — Boite en cuivre émaillé du XVIIIe siècle : femme à sa toilette, la balançoire, etc.

54 — Boite ronde en racine, ornée d'une miniature, composition de deux personnages avec médaillon à sujet mobile placé entre eux. Époque Louis XVI.

55 — Deux boutons émaillés, à figures allégoriques. Époque Louis XVI.

56 — Étui-nécessaire formant lunette, en galuchat monté or. Époque Louis XVI.

57 — Petit étui à cire en or de couleur, guilloché et ciselé à guirlandes. Époque Louis XVI.

58 — Porte-plume en ivoire, galonné d'or. Époque Louis XVI.

59 — Encrier-porte-plume en ivoire, galonné d'or. Époque Louis XVI.

60 — Affiquets garnis d'or. Époque Louis XVI.

61 — Boite ronde en écaille blonde, posée or, décorée de deux miniatures : jeunes femmes vues à mi-corps, et jeux d'enfants. Époque Louis XVI.

62 — Boite ronde en ivoire, ornée d'un bas-relief en cire, représentant une scène du *Mariage de Figaro*. Époque Louis XVI.

63 — Boite à cure-dents en ivoire garni d'or, avec devise sur le couvercle. Époque Louis XVI.

64 — Boite ronde en écaille blonde, ornée d'un médaillon en ancien biscuit, à sujet allégorique sur fond bleu. Époque Louis XVI.

65 — Boite en ancien émail de Saxe, à sujets galants en camaïeu rose. Revers du couvercle orné.

66 — Boite ovale en ancien émail de Saxe, sujet religieux en grisaille.

67 — Boite à mouches en ancien émail de Saxe, à sujets symboliques avec légende allemande au revers du couvercle.

68 — Boite oblongue en écaille brune, doublée d'or, décorée d'une miniature : portrait de jeune garçon portant un habit à collet. Fin du xviiie siècle.

69 — Boite ronde en ivoire, ornée d'une miniature : portrait d'un général de la Révolution. Fin du xviiie siècle.

70 — Boite ronde en écaille brune, piquée d'or, décorée d'une miniature allégorique à l'Amour. Signée. Fin du xviiie siècle.

71 — Boite ronde, en cristal galonné d'or. Fin du xviiie siècle.

72 — Petit plateau, orné d'une miniature simulant un jeu de cartes. Commencement du XIXe siècle.

73 — Boite oblongue en or guilloché, de travail anglais du commencement du XIXe siècle ; sur le couvercle, peinture sur émail à sujet tiré de l'histoire.

74 — Boite ronde en racine, ornée d'une miniature ovale : portrait de femme en corsage noir, signée et datée 1818.

75 — Boite en poudre d'écaille grise, ornée d'un fixé : portrait de Louis XIII.

76 — Boite ronde en ivoire, ornée d'un paysage en grisaille.

77 — Boite ronde en écaille brune, ornée d'une miniature : peintre faisant le portrait d'une jeune femme. Signée J. B.

78 — Boite en écaille brune, ornée d'une petite gouache : bouquet de fleurs.

79 — Boite ronde en écaille brune, ornée d'un fixé à sujet de bataille et de scène de cabaret.

80 — Petite boite ronde en ivoire, ornée d'un fixé : danses champêtres.

81 — Boite ronde en écaille brune galonnée

d'or de couleur, décorée d'une miniature : portrait de femme, à vêtement bordé de fourrure.

82 — Boite ronde en écaille brune, ornée d'une miniature : portrait de prélat.

Bijoux

83 — Pendant de cou en or, partiellement émaillé, émeraudes et imitations de diamants-tables. Espagne, xviie siècle.

84 — Mors de chape en forme de rosace, en or et imitations de diamants-tables. xviie siècle.

85 — Petit mors de chape en or, enrichi de diamants-tables.

86 — Deux bracelets vénitiens en or avec pendeloques, enrichis d'imitations d'émeraudes. xviie siècle.

87 — Deux paires de boucles d'oreilles de madones en or émaillé vert et blanc et perles fines. Espagne, xviie siècle.

88 — Deux paires de boucles d'oreilles variées en or émaillé, en forme de croissants, avec pampilles de petites perles à l'une, perles baroques à l'autre. Espagne, xviie siècle.

89 — Collier en or ajouré et émaillé, orné de petites perles. xviie siècle.

90 — Devant de cou en or émaillé, enrichi d'émeraudes et perles baroques. xviie siècle.

91 — Collier composé de plaques de verre bleu, serties d'or émaillé et reliées par deux rangs de perles. xviie siècle.

92 — Pendant de cou en or émaillé, simulant un bouquet de fleurs, avec Vierge au centre. Espagne, xviie siècle.

93 — Pendant de cou en or émaillé, enrichi de diamants-tables : Saint Christophe et l'Enfant-Jésus. Espagne, xviie siècle.

94 — Saint-Esprit en or, partiellement émaillé, enrichi de perles et d'un cabochon d'émeraude. Espagne, xviie siècle.

95 — Pendant de cou en or émaillé et pierreries, contenant une figure de Vierge, avec perle baroque. Espagne, xviie siècle.

96 — Pendant de cou en or, enrichi de diamants et rubis, avec figure de Vierge au centre. Espagne, xviie siècle.

97 — Pendant de cou, formé d'un petit cadre en or, contenant le Christ crucifié. Espagne, xviie siècle.

98 — Médaillon en or ajouré et émaillé, à fleurs, présentant un ostensoir. Espagne, XVIIe siècle.

99 — Deux petits médaillons émaillés sur or, à sujets saints. XVIIe siècle.

100 — Pendant de cou en or émaillé, enrichi d'émeraudes ; au centre, l'Enfant-Jésus. Espagne, XVIIe siècle.

101 — Pendant de cou en argent, à sujet saint, de forme contournée. Espagne, XVIIe siècle.

102 — Petite croix en écaille, extrémités en or émaillé. Espagne, XVIIe siècle.

103 — Breloquet avec breloques en or de couleur ciselé. Époque Louis XVI.

104 — Trois paires de boucles d'oreilles, forme vases en or, perles et verroterie. Italie, XVIIIe siècle.

105 — Paire de boucles d'oreilles en or, enrichies d'émeraudes et de rubis. XVIIIe siècle.

106 — Collier en or, enrichi de rubis. XVIIIe siècle.

107 — Collier en argent, à motifs ornés de diamants-tables alternant avec des topazes. XVIIIe siècle.

108 — Collier, enrichi d'imitations d'émeraudes entourées de demi-perles. xviiie siècle.

109 — Rosaire composé de noyaux avec Pater, croix et Saint-Esprit en or émaillé. Espagne, xviie siècle.

110 — Rosaire composé de noyaux avec Pater, croix et reliquaire-médaillon ovale en or émaillé. Espagne, xviie siècle.

111 — Rosaire composé de grains de bois, recouverts de calottes d'or avec croix et trois médaillons d'or émaillé. Espagne, xviie siècle.

112 — Quatre bagues variées, or, argent et pierres de couleur. xviiie siècle.

113 — Trois bagues, argent et cuivre, ornées de miniatures avec entourages en strass et jargons. xviiie siècle.

114 — Quatre bagues en or, argent, cuivre et roses. xviiie siècle.

115 — Six bagues en argent et or, strass et verroterie. xviiie siècle.

116 — Pendant de cou en or, avec croix enrichie de roses. Flandres, xviiie siècle.

117 — Pendant de cou en filigrane d'or contenant deux sujets saints. Espagne, xviiie siècle.

118 — MÉDAILLON enrichi de rubis et de diamants montés argent et contenant deux sujets saints. Espagne, XVIIIe siècle.

119 — MÉDAILLON, roses montées argent, contenant une figure de sainte. Espagne, XVIIIe siècle.

120 — PENDANT DE COU en argent enrichi de diamants-tables; au centre, l'Annonciation, en émail. Espagne, XVIIIe siècle.

121 — CLÉ DE MONTRE garnie or, décorée de deux miniatures : jeux d'enfants. Époque Louis XVI.

122 — FIGURINE en or émaillé : saint moine debout. Espagne, XVIIIe siècle.

123 — BIJOU-RELIQUAIRE à six faces mobiles sur charnières, contenant des peintures sous verre. Espagne, XVIIIe siècle.

124 — BAGUE en or, à chaton, orné de diamants sur fond d'émail bleu. Fin du XVIIIe siècle.

125 — COLLIER en or émaillé à maillons simulant des paniers de fleurs. Fin du XVIIIe siècle.

126 — BAGUE en or, à chaton contenant une montre. Commencement du XIXe siècle.

127 — PENDANT DE COU en or partiellement émaillé, en forme d'écusson à sujet saint.

128 — Bijou maçonnique en argent, strass et grenats.

129 — Bague en or, à chaton orné d'une miniature : enfant tenant un bouquet de fleurs.

130 — Bague d'évêque en or, à anneau décoré de pampres en relief et chaton formé d'une améthyste.

131 — Bague en or à anneau large et uni, et à chaton orné d'un camée à deux couches : tête humaine et pierres de couleur.

132 — Grande bague-marquise en or, chaton ajouré et enrichi de roses.

133 — Deux bagues en argent doré, avec miniatures entourées de perles fines.

134 — Cinq bagues en or, argent, cuivre, ornées de pierres de couleur.

135 — Six bagues variées en or et cuivre, enrichies de verroterie.

136 — Quatre bagues en or et argent, avec inscriptions orientales.

137 — Trois breloques, forme cafetières, en or et émail.

138 — Cinq clés de montres et cachets variés.

Objets variés

139 — Croix processionnelle en cuivre gravé, avec figures du Christ, de la Vierge, de saint Jean et d'un ange, en cuivre également. Elle est décorée, en outre, de cinq plaques sur une face, d'une plaque sur l'autre, en cuivre champlevé et émaillé à fond bleu. xive siècle.

140 — Croix en cuivre gravé et doré, ornée des figures du Christ, de la Vierge, de saint Jean, d'Adam et d'un ange, en cuivre, ainsi que de cinq plaques sur une face, d'une plaque sur l'autre, en cuivre champlevé et partiellement émaillé, à fond noir. xive siècle.

141 — Croix en cuivre, avec Christ également de cuivre; elle est ornée de cabochons de cristal. Au revers, une rosace. xive siècle.

142 — Plaque de baiser de paix en émail peint de Limoges, xvie siècle : saint Jérôme, en grisaille.

143 — Plaque en émail peint de Limoges, xviie siècle, sujets saints. Cadre d'argent doré.

144 — Plaque en émail peint de Limoges, xviie siècle : sainte Agnès.

145 — Deux plaques en verre dit églomisé, à sujets saints. xviie siècle.

146 — TROIS PLAQUES en verre dit églomisé, à sujets saints et gerbe de blé. XVIIe siècle.

147 — MÉDAILLON à double face en verre dit églomisé. Cadre en argent. XVIIe siècle.

148 — DEUX PLAQUES en verre dit églomisé : fruits et animaux. XVIIIe siècle.

149 — ÉPÉE à deux coquilles armoriées. Espagne, XVIIe siècle.

150-153 — SIX ÉPÉES de ville variées, du XVIIIe siècle.

154 — ÉPÉE à poignée de nacre et de bronze, du commencement du XIXe siècle.

155 — ÉPÉE avec poignée à longs quillons ajourés.

156 — AMORÇOIR en fer avec applications d'argent : rinceaux et personnages. XVIIe siècle.

157 — TROIS ÉPERONS variés du XVIIe siècle.

158 — TROUSSE de chasse composée d'un grand couteau, d'un petit, et d'une fourchette, à poignées d'ancienne porcelaine de Saxe décorée d'arbustes et de fleurs. Le grand couteau est monté en cuivre doré et enrichi de strass; la lame en est gravée et partiellement bleuie et dorée. Époque Louis XV.

159 — Cachet d'acte, en or, présentant sur une face Charles II d'Espagne, et sur l'autre un écusson entouré d'une légende latine.

160 — Figurine en bois sculpté, mi-partie homme d'armes, mi-partie moine. Allemagne, xvie siècle.

161 — Statuette en bois sculpté, peint et doré, avec tête, mains et pieds en ivoire : la Vierge debout les mains jointes. Nimbe en argent. Espagne, xviie siècle.

162 — Fragment de groupe en bois sculpté, peint et doré : la Vierge portant l'Enfant-Jésus. Espagne, xviie siècle.

163 — Sablier en bois doré. Époque Louis XV.

164 — Coffret en marqueterie de bois de couleur et d'os, dite *certosina*, à motifs géométriques ; écoinçons de cuivre gravé. Ancien travail italien.

165 — Petit cabinet à abattant et tiroirs, recouvert de cuir doré, et intérieurement orné de plaques de fer gravées et partiellement dorées. Commencement du xviiie siècle.

166 -- Moulin a poivre en bois, incrusté de cuivre ; garnitures de fer repercé. xviiie siècle.

167 — Mortier en métal de cloche, orné d'ar-

moiries et de cordelettes, avec inscriptions et date : *1574*. xvie siècle.

168 — Petit mortier en bronze, orné de figures de la Vierge. xviie siècle.

169 — Médaille en bronze doré : portrait de Lavallette, duc d'Épernon, par *Dupré, 1607*.

170 — Encensoir en cuivre du xviiie siècle.

171 — Paire d'appliques à trois lumières, en bronze doré, à feuillages, gaine cannelée, têtes de béliers et vases de flammes. Époque Louis XVI.

172 — Lampe-applique à huit becs en cuivre repoussé. xviie siècle.

173 — Petit coffret à encens, en fer ajouré à décor de trèfles, avec contreforts aux angles. xiiie siècle.

174 — Coffret en fer damasquiné d'or et d'argent à décor d'arabesques. xviie siècle.

175 — Coffret en cuir noir, garni de fer, xviie siècle.

176 — Petit buste en fonte : le duc de Bordeaux (Henri V).

177 — Calendrier contenu dans une gaine pris-

matique à coulisse, en or gravé. A l'intérieur, porte-mine et porte-plume. Commencement du XIXe siècle.

178 — Dé de jeu de trou-madame.

179 — Petite boite ronde en argent gravé, ornée sur le couvercle d'un bas-relief, en bois sculpté, à sujet de bacchanale du XVIe siècle.

180 — Paire de flambeaux en argent, modèle à balustre, triple console, mascarons, coquilles, etc. Fin du XVIIe siècle.

181 — Deux flambeaux de voyage démontables, en argent. Armoriés. XVIIIe siècle.

182 — Encensoir en argent, repercé à jour, à décor de motifs d'architecture gothique. La partie supérieure du XVIIe siècle, la partie inférieure du XVIIIe siècle. Travail espagnol.

183 — Couteau, fourchette et cuiller minuscules en argent, dans un écrin en cuir.

184 — Reliquaire en argent repoussé : rocailles et feuillages. XVIIIe siècle.

185 — Deux boites à sceaux en argent doré, aux armes d'Espagne.

www.ingramcontent.com/pod-product-compliance
Ingram Content Group UK Ltd.
Pitfield, Milton Keynes, MK11 3LW, UK
UKHW020531180726
13839UKWH00005B/2448